大宋风雅

宋代诗意生活手账

诗意文化 主编

当代世界出版社
THE CONTEMPORARY WORLD PRESS

第一辑

清歌一曲倒金尊

第二辑

泪眼问花花不语

第三辑

且将新火试新茶

第四辑

人间有味是清欢

第一辑·清歌一曲倒金尊

《听琴图》宋・赵佶

◎浣溪沙

晏殊

一曲新词酒一杯，去年天气旧亭台。夕阳西下几时回。
无可奈何花落去，似曾相识燕归来。小园香径独徘徊。

▲《歌乐图卷》局部 宋·佚名

◎

清平乐

晏殊

金风细细。叶叶梧桐坠。
绿酒初尝人易醉。一枕小窗浓睡。
紫薇朱槿花残。斜阳却照阑干。
双燕欲归时节，银屏昨夜微寒。

▲《柳荫醉归图》 宋·佚名

◎

清平乐

晏殊

春花秋草。只是催人老。
总把千山眉黛扫。未抵别愁多少。
劝君绿酒金杯。莫嫌丝管声催。
兔走乌飞不住，人生几度三台。

《松寿图》宋·马远

◎定风波

欧阳修

把酒花前欲问君。世间何计可留春。纵使青春留得住。虚语。无情花对有情人。任是好花须落去。自古。红颜能得几时新。暗想浮生何时好。唯有。清歌一曲倒金尊。

□

□

□

□

▲《千里江山图》局部 宋·王希孟

◎

一剪梅·舟过吴江

蒋捷

一片春愁待酒浇。江上舟摇，楼上帘招。秋娘度与泰娘娇。风又飘飘，雨又萧萧。

何日归家洗客袍。银字笙调，心字香烧。流光容易把人抛。红了樱桃，绿了芭蕉。

▼《池塘秋晚图》局部 宋·赵佶

◎临江仙

晏几道

梦后楼台高锁，酒醒帘幕低垂。
去年春恨却来时。落花人独立，
微雨燕双飞。
记得小蘋初见，两重心字罗衣。
琵琶弦上说相思。当时明月在，
曾照彩云归。

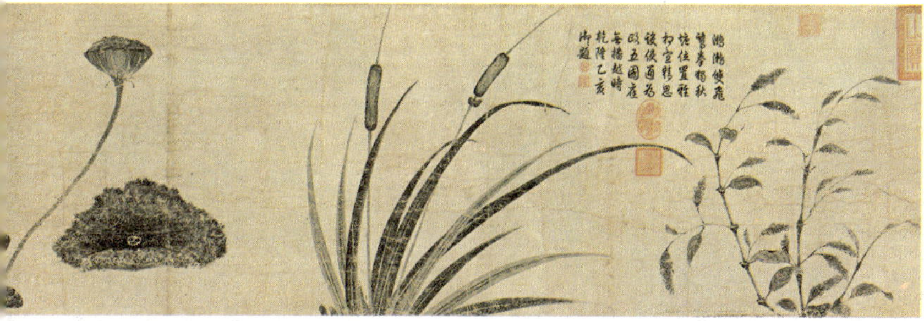

▲《山水图》宋·马远（传）

◎

菩萨蛮

张抡

人间何处难忘酒。闭门永日无交友。

何以乐天真。云山发兴新。

听风松下坐。趁蝶花边过。

一盏此时空。幽怀谁与同。

□

□

□

□

▼《四景山水图－秋》宋·刘松年

◎苏幕遮·怀旧

范仲淹

碧云天，黄叶地。秋色连波，波上寒烟翠。
山映斜阳天接水。芳草无情，更在斜阳外。
黯乡魂，追旅思。夜夜除非，好梦留人睡。
明月楼高休独倚。酒入愁肠，化作相思泪。

三
三

□

□

□

□

▼《四景山水图－春》宋·刘松年

◎浣溪沙　晏殊

一向年光有限身。等闲离别易销魂。
酒筵歌席莫辞频。
满目山河空念远，落花风雨更伤春。
不如怜取眼前人。

▲《千里江山图》局部 宋·王希孟

◎

水调歌头

苏轼

明月几时有，把酒问青天。
不知天上宫阙，今夕是何年。
我欲乘风归去，又恐琼楼玉宇，高处不胜寒。
起舞弄清影，何似在人间。
转朱阁，低绮户，照无眠。
不应有恨，何事长向别时圆。
人有悲欢离合，月有阴晴圆缺，此事古难全。
但愿人长久，千里共婵娟。

◎

临江仙

苏轼

夜饮东坡醒复醉，归来仿佛三更。家童鼻息已雷鸣。敲门都不应，倚杖听江声。

长恨此身非我有，何时忘却营营。夜阑风静縠纹平。小舟从此逝，江海寄余生。

▲《梅溪放艇图》宋·马远

□

□

□

□

▲《山径春行图》 宋·马远

◎

诉衷情

晏殊

青梅煮酒斗时新。天气欲残春。
东城南陌花下，逢著意中人。
回绣袂，展香茵。叙情亲。
此情拚作，千尺游丝，惹住朝云。

《歌乐图卷》局部 宋·佚名

◎虞美人　叶梦得

落花已作风前舞。又送黄昏雨。晓来庭院半残红。
惟有游丝千丈袅晴空。
殷勤花下同携手。更尽杯中酒。美人不用敛蛾眉。
我亦多情无奈酒阑时。

◎如梦令

李清照

昨夜雨疏风骤。浓睡不消残酒。试问卷帘人，却道海棠依旧。知否。知否。应是绿肥红瘦。

▲《秋山红树图》宋·萧照

第二辑·泪眼问花花不语

▲《梅石溪凫图》局部 宋·马远

◎

清平乐

李清照

年年雪里。常插梅花醉。
挼尽梅花无好意。赢得满衣清泪。
今年海角天涯，萧萧两鬓生华。
看取晚来风势。故应难看梅花。

▲《碧桃图》宋·佚名

◎

清平乐

黄庭坚

春归何处。寂寞无行路。若有人知春去处。唤取归来同住。

春无踪迹谁知。除非问取黄鹂。百啭无人能解，因风飞过蔷薇。

□

□

□

□

▲《牡丹图》宋·佚名

◎

玉楼春·春景

宋祁

东城渐觉风光好。縠皱波纹迎客棹。
绿杨烟外晓寒轻，红杏枝头春意闹。
浮生长恨欢娱少。肯爱千金轻一笑。
为君持酒劝斜阳，且向花间留晚照。

□

□

□

□

▼《春雨富士图》宋·马远

◎

蝶恋花

欧阳修

庭院深深深几许。
杨柳堆烟，帘幕无重数。
玉勒雕鞍游冶处。
楼高不见章台路。
雨横风狂三月暮。
门掩黄昏，无计留春住。
泪眼问花花不语。
乱红飞过秋千去。

▲《月夜看潮图》宋·李嵩

◎

玉楼春·春恨

晏殊

绿杨芳草长亭路。年少抛人容易去。
楼头残梦五更钟，花底离愁三月雨。
无情不似多情苦。一寸还成千万缕。
天涯地角有穷时，只有相思无尽处。

▲《出水芙蓉图》宋·吴炳

◎蝶恋花 晏殊

槛菊愁烟兰泣露，罗幕轻寒，燕子双飞去。
明月不谙离恨苦，斜光到晓穿朱户。
昨夜西风凋碧树，独上高楼，望尽天涯路。
欲寄彩笺兼尺素，山长水阔知何处。

□

□

□

□

▼《摹张萱捣练图卷》局部 宋·赵佶

◎

眼儿媚

赵佶

玉京曾忆昔繁华。万里帝王家。琼林玉殿，朝喧弦管，暮列笙琶。花城人去今萧索，春梦绕胡沙。家山何处，忍听羌笛，吹彻梅花。

◎

木兰花

晏殊

池塘水绿风微暖。记得玉真初见面。重头歌韵响铮琮，入破舞腰红乱旋。玉钩阑下香阶畔。醉后不知斜日晚。当时共我赏花人，点检如今无一半。

▲《菊丛飞蝶图》宋·朱绍宗

▲《果熟来禽图》宋·林椿

◎

菩萨蛮

张元幹

春来春去催人老。老夫争肯输年少。醉后少年狂。白髭殊未妨。插花还起舞。管领风光处。把酒共留春。莫教花笑人。

□

□

□

□

▲《丹林诗意图》宋·萧照

◎

水龙吟·次韵章质夫杨花词

苏轼

似花还似非花，也无人惜从教坠。抛家傍路，思量却是，无情有思。萦损柔肠，困酣娇眼，欲开还闭。梦随风万里，寻郎去处，又还被、莺呼起。

不恨此花飞尽，恨西园、落红难缀。晓来雨过，遗踪何在，一池萍碎。春色三分，二分尘土，一分流水。细看来，不是杨花，点点是离人泪。

▲《梅竹图》一 宋·马麟

◎

鹧鸪天·桂花

李清照

暗淡轻黄体性柔。情疏迹远只香留。
何须浅碧深红色，自是花中第一流。
梅定妒，菊应羞。画阑开处冠中秋。
骚人可煞无情思，何事当年不见收。

◎定风波·暮春漫兴

辛弃疾

少日春怀似酒浓。插花走马醉千钟。老去逢春如病酒。唯有。茶瓯香篆小帘栊。

卷尽残花风未定。休恨。花开元自要春风。试问春归谁得见。飞燕。来时相遇夕阳中。

▲《江上小船图》宋·马远

□

□

□

□

▲《写生杏花图》宋·赵昌

◎

燕山亭·北行见杏花

赵佶

裁剪冰绡，轻叠数重，淡着燕脂匀注。新样靓妆，艳溢香融，羞杀蕊珠宫女。易得凋零，更多少、无情风雨。愁苦。闲院落凄凉，几番春暮。

凭寄离恨重重，这双燕，何曾会人言语。天遥地远，万水千山，知他故宫何处。怎不思量，除梦里、有时曾去。无据。和梦也、新来不做。

▲《梅竹图》二 宋·马麟

◎临江仙·梅

李清照

庭院深深深几许，云窗雾阁春迟。为谁憔悴损芳姿。夜来清梦好，应是发南枝。

玉瘦檀轻无限恨，南楼羌管休吹。浓香吹尽有谁知。暖风迟日也，别到杏花肥。

第三辑·且将新火试新茶

▲《山茶蝴蝶图》宋·佚名

◎望江南·超然台作

苏轼

春未老，风细柳斜斜。试上超然台上看，半壕春水一城花。烟雨暗千家。

寒食后，酒醒却咨嗟。休对故人思故国，且将新火试新茶。诗酒趁年华。

□

□

□

□

▼《清明上河图》局部 明·仇英本

◎浣溪沙

苏轼

簌簌衣巾落枣花。
村南村北响缫车。
牛衣古柳卖黄瓜。
酒困路长惟欲睡，
日高人渴漫思茶。
敲门试问野人家。

◎试院煎茶

苏轼

蟹眼已过鱼眼生，飕飕欲作松风鸣。
蒙茸出磨细珠落，眩转绕瓯飞雪轻。
银瓶泻汤夸第二，未识古人煎水意。
君不见，昔时李生好客手自煎，贵从活火发新泉。
又不见，今时潞公煎茶学西蜀，定州花瓷琢红玉。
我今贫病长苦饥，分无玉碗捧蛾眉。
且学公家作茗饮，砖炉石铫行相随。
不用撑肠拄腹文字五千卷，但愿一瓯常及睡足日高时。

▲《秋窗读书图》宋·刘松年

▲《溪山行旅图》宋·郭熙

◎

临安春雨初霁

陆游

世味年来薄似纱，谁令骑马客京华。
小楼一夜听春雨，深巷明朝卖杏花。
矮纸斜行闲作草，晴窗细乳戏分茶。
素衣莫起风尘叹，犹及清明可到家。

□

□

□

□

▲《晴春蝶戏图》宋·李安忠

◎

幽居初夏

陆游

湖山胜处放翁家，槐柳阴中野径斜。
水满有时观下鹭，草深无处不鸣蛙。
箨龙已过头番笋，木笔犹开第一花。
叹息老来交旧尽，睡来谁共午瓯茶。

▲《雪霁山茶图》宋·佚名

◎

品令·茶词

黄庭坚

凤舞团团饼。恨分破、教孤令。
金渠体净，只轮慢碾，玉尘光莹。
汤响松风，早减了、二分酒病。
味浓香永。醉乡路、成佳境。
恰如灯下，故人万里，归来对影。
口不能言，心下快活自省。

▲《枇杷山鸟图》宋·林椿

◎

摊破浣溪沙

李清照

病起萧萧两鬓华。卧看残月上窗纱。
豆蔻连梢煎熟水，莫分茶。
枕上诗书闲处好，门前风景雨来佳。
终日向人多酝藉，木犀花。

▲《溪山行旅图－字》宋·郭熙

◎

鹊桥仙

李仲光

焚香清坐，呼童沦茗，
聊当一杯春酒。
不须歌舞倩红裙，为祝百千长寿。
诗书万卷，绮琴三弄，
更有新词千首。
从今日日与遨游，便是天长地久。

《雪树寒禽图》宋·李迪

◎满江红·和范先之雪

辛弃疾

天上飞琼，毕竟向、人间情薄。还又跨、玉龙归去，万花摇落。云破林梢添远岫，月临屋角分层阁。记少年、骏马走韩卢，掀东郭。

吟冻雁，嘲饥鹊。人已老，欢犹昨。对琼瑶满地，与君酬酢。最爱霏霏迷远近，却收扰扰还寥廓。待羔儿、酒罢又烹茶，扬州鹤。

□

□

□

□

▼《四景山水图－冬》宋·刘松年

◎

满庭芳·咏茶

陈师道

闽岭先春，琅函联璧，帝所分落人间。绮窗纤手，一缕破双团。云里游龙舞凤，香雾起、飞月轮边。华堂静，松风竹雪，金鼎沸潺湲。

门阑。车马动，扶黄籍白，小袖高鬟。渐胸里轮囷，肺腑生寒。唤起谪仙醉倒，翻湖海、倾泻涛澜。笙歌散，风帘月幕，禅榻鬓丝斑。

▼《会昌九老图》局部 宋·李公麟

◎

满庭芳·咏茶

米芾

雅燕飞觞，清谈挥麈，使君高会群贤。密云双凤，初破缕金团。窗外炉烟似动。开瓶试、一品香泉。轻淘起，香生玉尘，雪溅紫瓯圆。

娇鬟。宜美盼，双擎翠袖，稳步红莲。坐中客翻愁，酒醒歌阑。点上纱笼画烛，花骢弄、月影当轩。频相顾，余欢未尽，欲去且流连。

◀《书汉图》宋·刘松年

◎看花回·茶词

黄庭坚

夜永兰堂醺饮，半倚颓玉。烂熳坠钿堕履，是醉时风景，花暗烛残，欢意未阑，舞燕歌珠成断续。催茗饮、旋煮寒泉，露井瓶窦响飞瀑。纤指缓、连环动触。渐泛起、满瓯银粟。香引春风在手，似粤岭闽溪，初采盈掬。暗想当时，探春连云寻篁竹。怎归得，鬓将老，付与杯中绿。

第四辑·人间有味是清欢

◎风入松

吴文英

听风听雨过清明。愁草瘗花铭。楼前绿暗分携路，一丝柳、一寸柔情。料峭春寒中酒，交加晓梦啼莺。

西园日日扫林亭。依旧赏新晴。黄蜂频扑秋千索，有当时、纤手香凝。惆怅双鸳不到，幽阶一夜苔生。

▲《长松山水图》宋·马麟

◎

苏幕遮

周邦彦

燎沉香，消溽暑。乌雀呼晴，侵晓窥檐语。叶上初阳干宿雨，水面清圆，一一风荷举。

故乡遥，何日去。家住吴门，久作长安旅。五月渔郎相忆否。小楫轻舟，梦入芙蓉浦。

▲《桃鸠图》宋·赵佶

▲《雪景山水》宋·梁楷

◎

转调满庭芳

李清照

芳草池塘，绿阴庭院，晚晴寒透窗纱。
玉钩金锁，管是客来唦。
寂寞尊前席上，唯愁海角天涯。
能留否。酴醾落尽，犹赖有梨花。
当年曾胜赏，生香熏袖，活火分茶。
极目犹龙骄马，流水轻车。
不怕风狂雨骤，恰才称、煮酒笺花。
如今也，不成怀抱，得似旧时那。

▲《风雨牧归图》 宋·李迪

◎ 虞美人·听雨

蒋捷

少年听雨歌楼上。红烛昏罗帐。
壮年听雨客舟中。江阔云低、断雁叫西风。
而今听雨僧庐下。鬓已星星也。
悲欢离合总无情。一任阶前、点滴到天明。

□

□

□

□

▼《千里江山图》局部 宋·王希孟

◎

清平乐

晏殊

红笺小字。说尽平生意。
鸿雁在云鱼在水。惆怅此情难寄。
斜阳独倚西楼。遥山恰对帘钩。
人面不知何处，绿波依旧东流。

▲《溪山水阁图》宋·李嵩

◎

清平乐

晏几道

留人不住。醉解兰舟去。一棹碧涛春水路。过尽晓莺啼处。

渡头杨柳青青。枝枝叶叶离情。此后锦书休寄，画楼云雨无凭。

□

□

□

□

▲《白头丛竹图》宋·佚名

◎ 千秋岁

张先

数声鶗鴂。又报芳菲歇。惜春更把残红折。雨轻风色暴，梅子青时节。永丰柳，无人尽日飞花雪。莫把幺弦拨。怨极弦能说。天不老，情难绝。心似双丝网，中有千千结。夜过也，东窗未白凝残月。

▲《柳鸦芦雁图》局部 宋·赵佶

◎

点绛唇

李清照

蹴罢秋千，起来慵整纤纤手。
露浓花瘦，薄汗轻衣透。
见客入来，袜划金钗溜。
和羞走，倚门回首，却把青梅嗅。

◎蝶恋花

晏几道

梦入江南烟水路。行尽江南，不与离人遇。睡里消魂无说处。觉来惆怅消魂误。

欲尽此情书尺素。浮雁沉鱼，终了无凭据。却倚缓弦歌别绪。断肠移破秦筝柱。

▲《四景山水图－夏》宋·刘松年

《梅竹聚禽图》 宋·赵佶

◎满江红·山居即事

辛弃疾

几个轻鸥，来点破、一泓澄绿。更何处、一双鸂鶒，故来争浴。细读离骚还痛饮，饱看修竹何妨肉。有飞泉、日日供明珠，三千斛。

春雨满，秧新谷。闲日永，眠黄犊。看云连麦垄，雪堆蚕簇。若要足时今足矣，以为未足何时足。被野老、相扶入东园，枇杷熟。

《溪山秋色图》 宋·赵佶

◎阮郎归

司马光

渔舟容易入春山。仙家日月闲。
绮窗纱幌映朱颜。相逢醉梦间。
松露冷，海霞殷。匆匆整棹还。
落花寂寂水潺潺。重寻此路难。

□

□

□

□

▲《观瀑图》宋·马远

◎沁园春·寄稼轩承旨

刘过

斗酒彘肩，风雨渡江，岂不快哉！被香山居士，约林和靖，与坡仙老，驾勒吾回。坡谓西湖，正如西子，浓抹淡妆临镜台。二公者，皆掉头不顾，只管衔杯。

白云天竺去来，图画里、峥嵘楼观开。爱东西双涧，纵横水绕；两峰南北，高下云堆。逋曰不然，暗香浮动，争似孤山先探梅。须晴去，访稼轩未晚，且此徘徊。

▼《清明上河图》局部 明·仇英本

◎浣溪沙

苏轼

细雨斜风作晓寒。淡烟疏柳媚晴滩。入淮清洛渐漫漫。

雪沫乳花浮午盏，蓼茸蒿笋试春盘。人间有味是清欢。

图书在版编目（CIP）数据

大宋风雅：宋代诗意生活手账 / 诗意文化主编 —北京：当代世界出版社，2020.9

ISBN 978-7-5090-1389-2

Ⅰ．①大… Ⅱ．①诗… Ⅲ．①宋诗—鉴赏②宋词—鉴赏③中国画—鉴赏—中国—宋代 Ⅳ．① I207.2 ② J212.05

中国版本图书馆 CIP 数据核字（2020）第 148122 号

大宋风雅：宋代诗意生活手账

主　　编：诗意文化
出版发行：当代世界出版社
地　　址：北京市东城区地安门东大街 70-9 号
网　　址：http：//www.worldpress.org.cn
编务电话：（010）83907332
发行电话：（010）83908410（传真）
13601274970
18611107149
13521909533
经　　销：全国新华书店
印　　刷：天津画中画印刷有限公司
开　　本：889 毫米 ×1194 毫米　1/32
印　　张：7
字　　数：16 千字
版　　次：2020 年 11 月第 1 版
印　　次：2020 年 11 月第 1 次
书　　号：ISBN 978-7-5090-1389-2
定　　价：58.00 元